看圖學注音

使用說明

本套注音符號的出現順序，是依學生學過的注音符號為基礎，引導他學習新注音符號的方式，編排注音符號出現先後順序。所以不能顛倒單元順序學習。請依照單元的先後順序學習，由第一冊、第二冊、第三冊、第四冊、第五冊的順序學習。每一冊要依頁次學習。圖可以給兒童著色、練習說話。

アメ、

ㄡˇ

ㄨˊㄛ

4～4

ㄆ

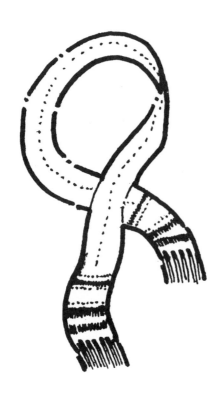

4～6

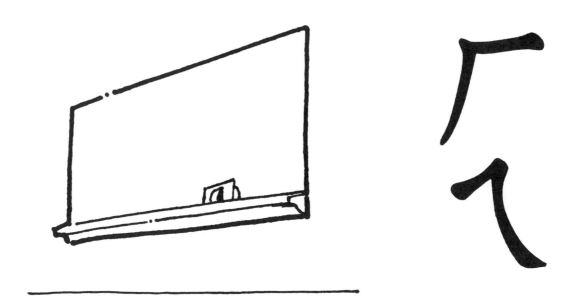

4~7

貼一貼，說說看屋裡哪個音相同？

4～8

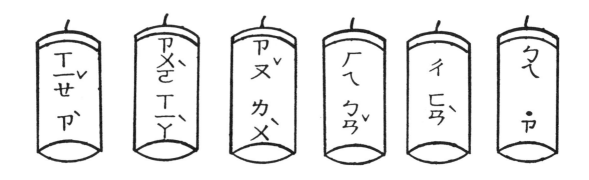

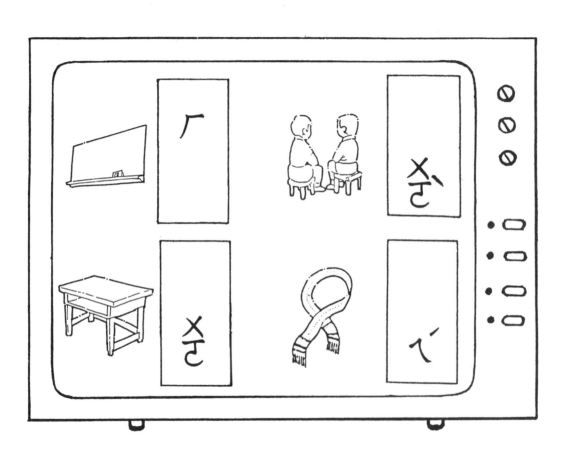

ㄓ

ㄨ

ㄟ

ㄕ

ㄒㄧㄝˊ	ㄐㄧㄝˇ	ㄧㄝˊ	ㄧㄝˋ	ㄆㄡ	ㄏㄟ	ㄏㄜˊ

ㄅㄟ	ㄕㄨㄟˋ	ㄕㄡˇ	ㄔㄠˊ	ㄔㄜ	ㄒㄧㄚ	ㄒㄧㄠˋ

ㄅㄞˊ ㄏㄨㄛˋ	ㄑㄧˊ ㄔㄜˊ	ㄒㄧ ㄍㄨㄚ	ㄊㄞˊ ㄒㄧㄝˊ	ㄇㄢˊ ㄅㄟ	ㄇㄟ·ㄇㄟ	ㄏㄟ ㄅㄢˇ
ㄗㄨˇ ㄇㄨˇ ㄉㄨˋ	ㄊㄧˋ ㄊㄠˊ ㄨˋ	ㄋㄧㄡˊ ㄒㄧˋ	ㄗㄨㄛˊ ㄔㄨㄥˊ	ㄧˋ ㄆㄟ	ㄏㄜˊ ㄏㄨ	ㄗㄨㄟˋ ㄔㄨㄢˊ

ㄏㄨㄛˊ ㄔㄜ	ㄧㄚˊ ㄍㄠ	ㄧㄚˊ ㄔˇ	ㄒㄧˇㄏㄨㄢ	ㄐㄧㄝˇ·ㄐㄧㄝ	ㄧㄝˊ·ㄧㄝ	ㄉㄠˋㄏㄨˋ

ㄒㄧㄝˊ·ㄗ	ㄓㄣㄒㄧㄢˋ	ㄧˋ ㄧㄝˋ	ㄐㄧ ㄔㄜ	ㄏㄠˇㄔ	ㄧˊㄏㄜˊ	ㄗㄨㄛˋㄒㄧㄚˋ

一ㄉㄨㄛˇ 花ㄏㄨㄚ	ㄗㄨㄟˋㄔㄨㄥˊ ㄈㄤˋ ˙ㄌㄜ	ㄋㄧˇㄔㄠˊㄅㄚˋ 一	ㄒㄩㄝˊㄒㄧㄠˋ ㄒㄧㄝˋ ˙ㄗ	ㄊㄡ ㄈㄤˋ ㄈㄤˋ ㄍㄜ	ㄗㄨㄟˋ ㄇㄟˊ ㄇㄟˊ ㄧㄡˇ	ㄐㄧㄝ ˙ㄐㄧㄝ ㄧㄡˊ

一ㄝˊ ˙一ㄝ ˙ㄌㄜ	ㄨㄛˇㄔㄤˋ ㄔㄤˋ ㄍㄜ	ㄋㄧˇ ㄒㄧㄝˇ ㄗˋ	ㄇㄟˊㄧㄡˇ ㄆㄠˇ ˙ㄗ	ㄑㄧㄝ ㄒㄧ ㄒㄧ ㄍㄨㄚ	ㄔ ㄒㄧ ㄒㄧ ㄍㄨㄚ	ㄨㄛˇ ㄧㄠˋ ㄏㄜ

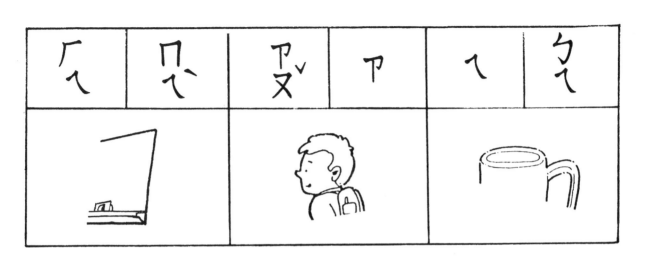

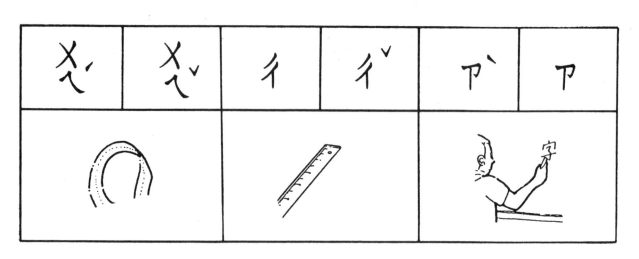

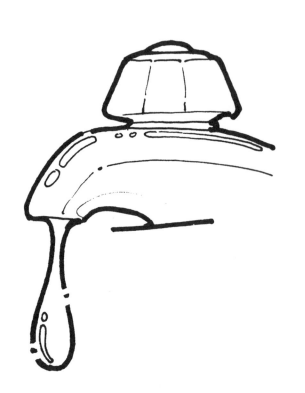

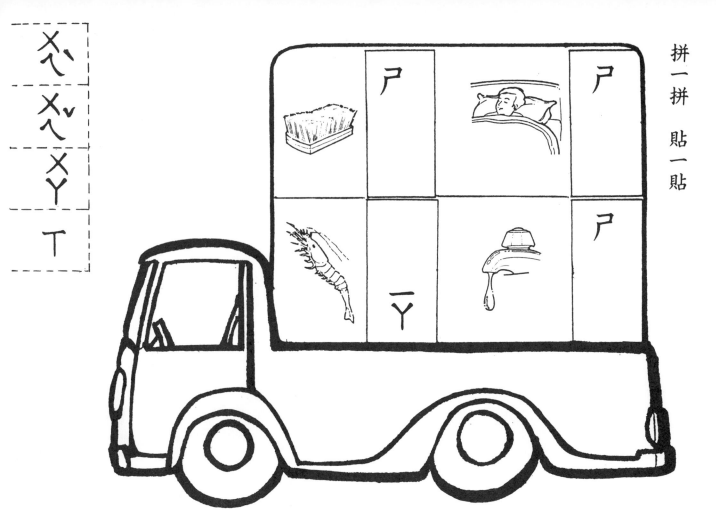

ㄨㄟ
ㄨㄟˇ
ㄨㄟˊ
ㄨㄚ
ㄒ

ㄕ
ㄕ
ㄕ
ㄧㄚ

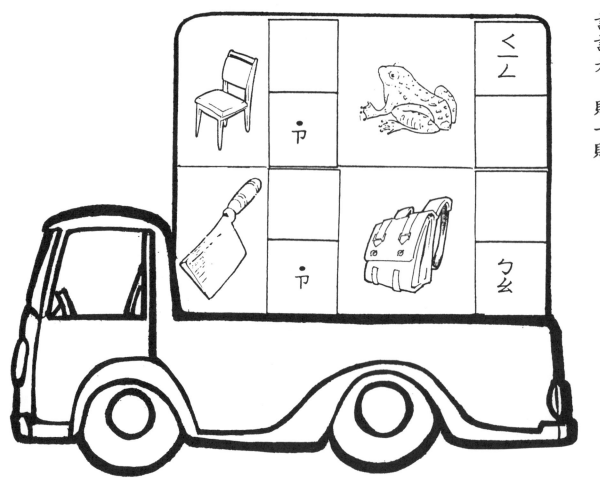

說說看 貼一貼

ㄑㄧㄥ

ㄗ

ㄗ

ㄅㄠ

ㄗㄨ

ㄧˇ

ㄨㄚ

ㄅㄠ

4～24

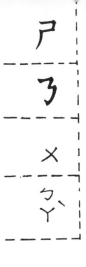

尸

尢

ㄕ
ㄤ

ㄆ
ㄤˋ

元

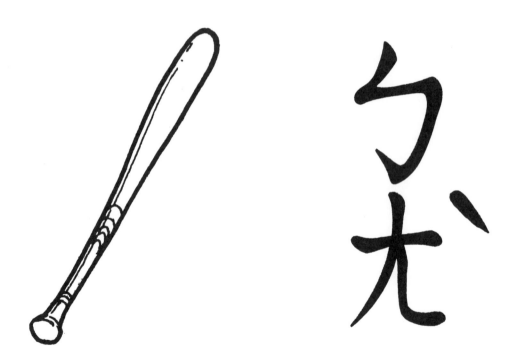

ㄅ
ㄠˋ

丁一无

4～33

連連看，再把「尢」「ㄨㄤ」音圈起來。

說說看 連一連

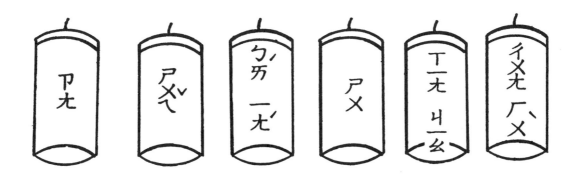

ㄕㄤ　ㄕㄨㄟ　ㄅㄞ ㄧㄤ　ㄕㄨ　ㄒㄧㄤ ㄐㄧㄠ　ㄔㄨㄤ ㄏㄨ

4～35

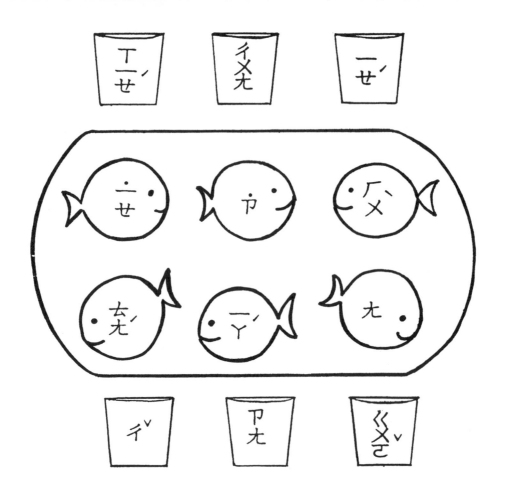

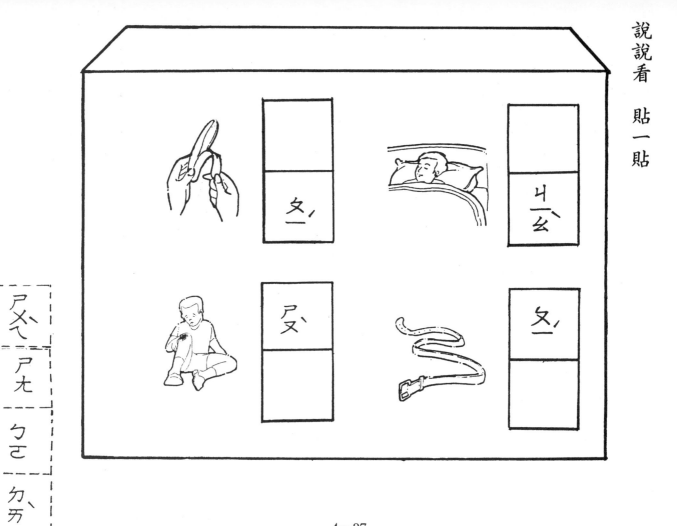

4～37

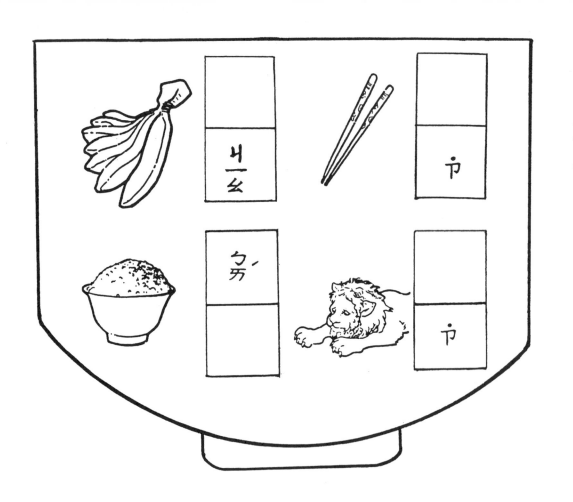

ㄐㄧㄠ

ㄗ

ㄅㄞˊ

ㄗ

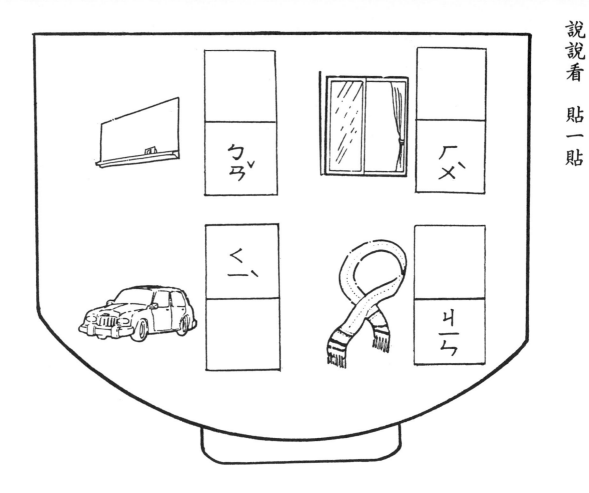

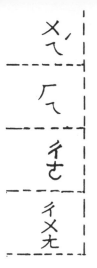

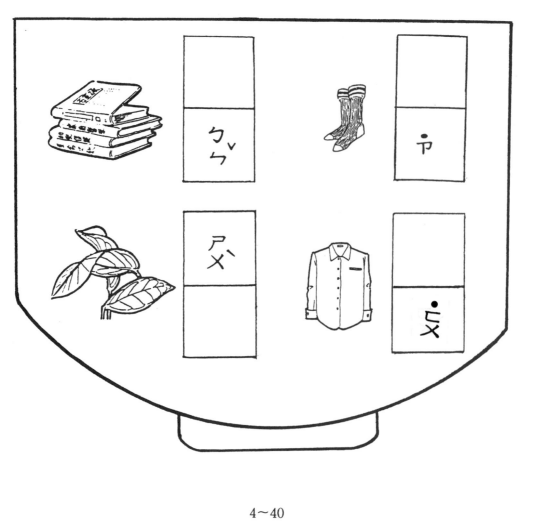

ㄅㄨˇ

ㄕ

ㄚˋ

ㄕㄨˋ

ㄧㄝˇ

ㄚˊ

ㄅˋ

ㄇㄧˋ

4～40

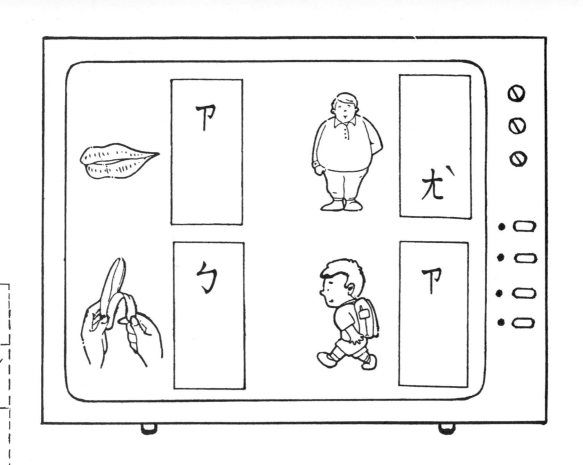

ㄛ
ㄟ
ㄡ
ㄆ

ㄇㄚˊ

ㄒㄤ

ㄉㄧˋ

ㄕㄤ	ㄕㄤ	ㄕ	ㄕㄚ	ㄕㄨ	ㄕㄨㄟˇ	ㄕㄨㄟˊ

ㄑㄧㄤ	ㄤ	ㄒㄧㄤ	ㄔㄨㄤ	ㄅㄤ	一ㄤˊ	ㄆㄤ

ㄕㄜˊ ·ㄊㄡ	ㄌㄠˇ ㄕㄨˋ	ㄕㄨ 一ㄝ	ㄕㄨ ㄅㄠ	夂 ㄕㄢ	ㄕˊ ·ㄊㄡ	ㄕ ·ㄗ

ㄌㄠˇ ㄕ	ㄕㄨˋ 一ㄚ	ㄕㄨ ·ㄗ	丅一ˇ ㄕㄨˋ	ㄕㄨㄟ ㄐ一ㄠˋ	ㄕㄨㄟˋ ㄍㄨ	一ㄚ ㄕㄨˋ

ㄔㄨㄤ ㄏㄨˋ ㄨ	ㄅㄚ ㄒㄧㄤˋ	ㄕㄢ ㄕㄤ	ㄅㄞ ㄧㄤ	ㄊㄤ ㄕㄤ	ㄠˋ ·ㄗ	ㄕㄡ ㄕㄤ

ㄒㄧㄤ ㄐㄧ ㄠ	ㄨㄟˋ ㄐㄩㄣ	ㄊㄞˋ ㄧㄤˊ	ㄊㄤˋ ㄍㄜ	ㄑㄧㄤˊ ㄅㄧˋ	ㄌㄧㄤˇ ·ㄍㄜ	ㄓㄠ ㄒㄧㄤˋ

ㄋㄠˋ ㄕ ㄗㄠˇ	ㄓㄠˋ ㄑㄧˇ ㄌㄞ	ㄊㄚ ㄏㄥˊ ㄆㄤ	ㄒㄩ ㄉㄨㄛ ㄕㄢ	ㄕ ˙ㄗ ㄕㄡˋ ㄕㄤ	ㄏㄜ ㄑㄧˋ ㄕㄨㄟˇ
ㄒㄧㄤˋ ㄅㄟ ˙ㄗ ㄔㄤ	ㄌㄧㄤˇ ㄓ ㄧㄤˊ	ㄋㄧˇ ˙ㄅㄜ ㄕㄨㄟˋ ㄆㄨ	ㄇㄣ ˙ㄇㄟ ㄕㄡˊ ㄒㄧ	ㄨㄛˇ ˙ㄉㄜ ㄕㄨ	ㄔˊ ㄒㄧㄤ ㄐㄧㄠ

4~46

又

4〜49

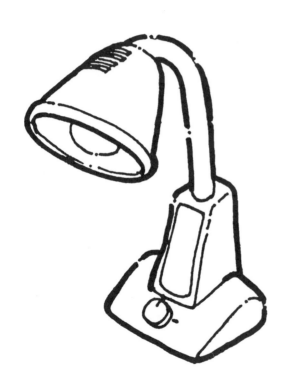

カム

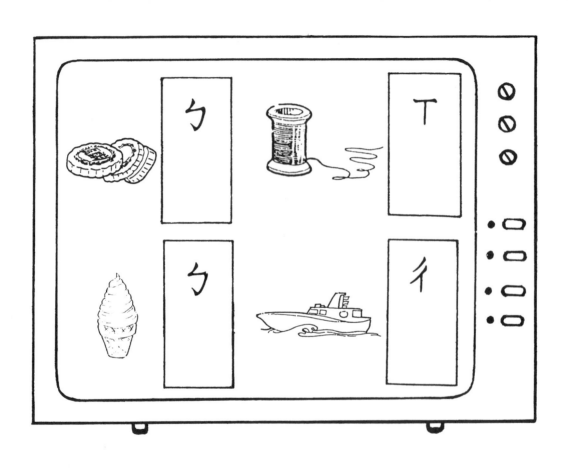

4～52

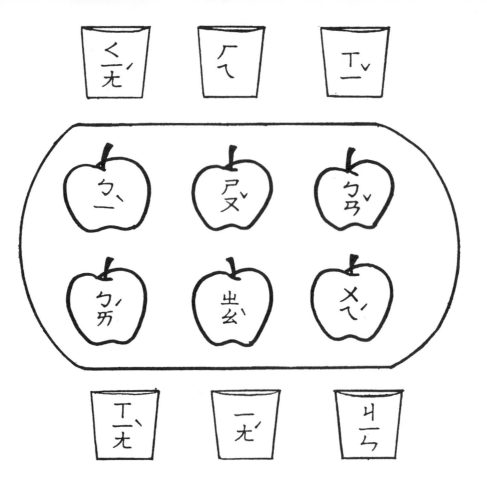

說說看　連一連

4～54

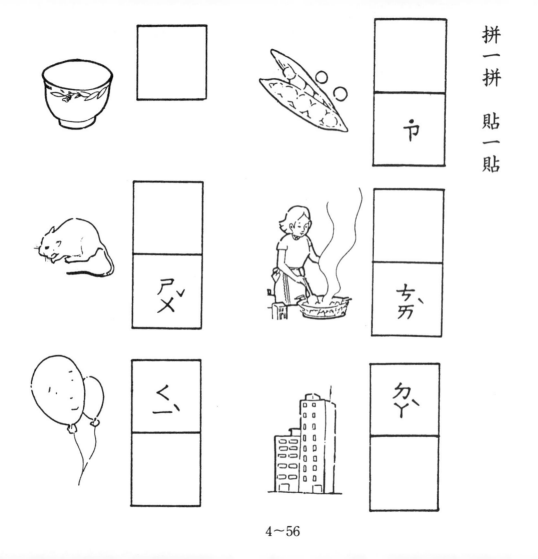

拼一拼 貼一貼

4～56

ㄕㄨㄚ	ㄕ	ㄤ	ㄆㄤ	ㄕㄨ	ㄕㄨˋ

ㄤ	ㄨˊ	ㄕˋ	ㄕ	ㄥˇ	ㄙ

1	2	3
ㄇㄤˋ	ㄋㄧˇ	ㄍㄣˋ
ㄍㄜˋ	ㄕ	ㄊㄧˊ
ㄨㄛˇ	ㄒㄧㄝˇ	ㄆㄞˊ